소년이었던 소년

시작시인선 0344 소년이었던 소년

1판 1쇄 펴낸날 2020년 8월 20일
지은이 오채운
펴낸이 이재무
책임편집 차성환
편집디자인 민성돈, 장덕진
펴낸곳 (주)천년의시작
등록번호 제301-2012-033호
등록일자 2006년 1월 10일
주소 (03132) 서울시 종로구 삼일대로32길 36 운현신화타워 502호
전화 02-723-8668
팩스 02-723-8630
홈페이지 www.poempoem.com
이메일 poemsijak@hanmail.net

ⓒ오채운, 2020, printed in Seoul, Korea

ISBN 978-89-6021-508-5 04810
      978-89-6021-069-1 04810(세트)

값 10,000원

소년이었던 소년

오채운

천년의시작

실체가 없는 나를
낳아주신 부모님께
무럭무럭 잘 자라고 있다는
말씀을 못 드렸다.
소년인 채로 서성이던
막내 오빠의 이름도
아직 부르지 못했다.

그러는 사이
그들이 모두 떠나버렸다.

차 례

시인의 말

제2부

제1부

어머니가 떠나도 좋아

지구의 중심에서 어머니가
다가온다
물방울무늬 블라우스
어머니의 눈가에 튀는
그 맑은 물방울

눈을 감는다
어머니는 창을 뚫고 들어온다
물방울에서 터져 나오는 햇살
눈이 부시다 단 한 개의 세포로
무럭무럭 자라나는 선인장
가시 속 키 작은 소년

살아남으세요 저도 살아남을게요
누구도 말릴 수 없는
광란의 질주가 시작된다

맨손으로 주무르던 선인장의 생채기에
하얀 핏방울이 맺힌다
일 년에 딱 네 시간
어머니가 피어난다

가방을 들지 않은 소년

모두들 집으로 돌아가기 위해
밖으로 나가기 위해
가방 하나씩 들고 있는데
가방을 들지 않은 저 소년은
때에 전 청바지를 입고
어색한 두 손으로 허벅지를 문지르며
옆에 있는 아가씨를
흘끔흘끔 쳐다보며
어디로 가고 있는 것일까
머리는 어색하게 짧고
겁먹은 저 눈빛으로
어디로 가고 있는 것일까
가방을 들지 않은 저 소년
오로지 한곳만 바라보며
노래를 부르게 한 신부님의 말을 가슴에 새기며
많은 사람들이 탄 지하철 안에서
가방조차 없이 앉아 있는 저 소년
누구를 바라보며 노래를 부르란 말인가
순박한 얼굴은 아직 하얘서
금방 집을 나온 듯한데

조금만 자세히 봐도

때에 전 청바지가 보이고

가방이 없어 어색한 두 손을 둘 곳 몰라

허벅지에 비벼대는 저 소년은

목적지도 없어 보이는 저 소년은

정거장마다 타고 내리는 사람들을 기웃거리며

언제까지 가란 말인가

이마에 한 방울 붉은 피가 흐르고

아브락사스

머리가 세로로 쪼개져

병아리가 튀어나오기 전에

아브락사스

화장실에 숨어

속 얘기를 나누던 소년과 함께

어디로 도망치란 말인가

가방도 없고

주변에 소년이라곤 한 명도 없는데

이명

열세 살 이후로 깊은 잠을 자본 적이 없는 나는

귓속에 작은 오토바이 한 대

그리고 어제 산 엠피스리 한 개가 전부[*]

말을 하지 마세요

아무것도 듣지 마세요

음악도 듣지 마세요

잠을 많이 자세요

잠만 많이 자세요

풀벌레 울음소리가

들릴 거예요

수면제를 먹으세요

그래도 잠이 오지 않아요

좀 더 독한 걸로

처방전 없이는 살 수 없을 정도로

먹자마자 잠들 수 있는 것으로

30분 전에 먹으세요

수면제를 먹고 눕는 순간

아아 잠이 안 오면 어떡하지?

아아 잠이 온다

사지만 마비되고 잠은 오지 않는다

겨우 잠이 든 것 같은데
귀에서 풀벌레 소리가 난다
순식간에 한여름의 매미소리가 들린다
소리 때문에 귓구멍이 아프다
이 명랑한 세상에
아무것도 말하지 말고
아무것도 듣지 말고
잠만 자라니 허허
이 명랑한 세상에
아무것도 듣지 않으려고 해요
잠을 자려고 누우면
없는 소리가 그렇게 크게 들릴 줄이야
허공의 두려움이 모두 귓속으로 몰려와
귀를 찢는 사이렌 소리를 내요
귀가 아파요
내 귀가 왜 아플까
내 귀가 왜 아프게 되었을까
스트레스는 받는 것이 아니라
스스로 만드는 것
아무것도 듣지 않을래요

아무도 만나지 않겠어요

내 귀가 아픈 건

내 귓속에 너무 많은 사람이 살기 때문이에요

아이가 돌아오는 것이 무서워요

이리와이리와

자동문의 암호를 누르는 소리가

밤마다 들려요

아무것도 듣지 않을래요

다시는 사랑을 넘보지 않겠어요

생각도 하지 않을래요

귀를 아예 잘라버리겠어요

정신병인가

고흐처럼 되는 걸까

아직 해바라기를 못 그렸어요

아직 산울림의 노래를 다 외우지도 못했고요

하지만 귀를 막을래요

하지만 귀를 자를래요

자른 귀를 입에 대고 노래를 부를래요

• 열세 살 이후로/ …(중략)…/ 한 개가 전부: 김창완의 노래 〈길〉에서
  변용.

놓쳐 버린 작은 공

폭넓은 바지로 먼지를 쓸며
트렁클 트렁클
쇠구슬을 엮어
허리춤에 차고
손으로는 땅을 향해 삿대질하며
트렁클 트렁클
힙합의 사나이
난쟁이가 왔어요
난쟁이라 하지 말고
왜소증이라 불러 주세요
이것은 단지 하나의 증상
길거리에서 마주치면
명랑하게 인사해요

펌프를 고치던 손으로
쇠구슬을 만들어
허리춤에 차고
지하에서 유인물을 만들던 손으로
땅바닥에 붉은 잉크를 흩뿌리며
트렁클 트렁클

힙합의 사나이
난쟁이가 왔어요
난쟁이라 하지 말고
힙합 보이라 불러주세요
이것은 단지 하나의 증상
길거리에서 마주쳐도
모른 척해 주세요

옥상에 숨어 살던 그는
이른 새벽
난간에 올라
허리를 굽힌다
늦겨울에 몰아치는 눈보라가
가로등을 휘감는다
손가락 대신 머리가
땅바닥을 향해 삿대질하는 순간
눈꽃보다 먼저 내리꽂힌다
명랑하게 인사할 사람도
모른 척할 사람도
하나 없는 쓸쓸한 새벽

늦게 쌓인 눈꽃만이
그의 몸을 덮어준다 포근히

무너지지 않는 쇠구슬 무덤

살아서 꼭 한 번은
키가 크고 싶던 그는
줄어들고 줄어들어
구르지 못하는 쇠구슬이 되어
다른 이의 허리춤에 매달린 채
트링클 트링클
명랑하게 인사한다

나에게 그를 빌려다오

그가 원한다
누구에게 나를 빌려줄까?
오늘 밤 내가 그를 빌린다
그의 두개골에서 터져 나온 피를
지옥에서 길어올린 그 피를
조금만이라도 찍어 목욕을 하고
다시 태어나고 싶다 오늘 밤
다시 태어나고 싶다
아직 입지 않은 옷
그 옷은 젖어 있고
그 옷은 피가 묻어 있다
나는 그 옷들을 쉽게 입지 못한다
옷은 싸늘하고
옷은 혈흔을 따라 굳어버렸다
입지 못하는 그 옷들을 옷장 속에 넣어둔다
언젠가는 입게 될지도 모를 싸늘한 옷
불길한 예감으로 일기장을 넘기고
불안한 발걸음을 계속하던 신발들
아마 죽었을 거라고 말하자 다음 날 익사했으며
다시는 우연히라도 만나지 말자고 하자

며칠 후 트럭에 치여 영안실로 옮겨졌다
사람의 삶과 죽음이 내 혀끝에서 놀아났다
악마에게 영혼이라도 팔고 싶은 밤
악마의 영혼이라도 사고 싶은 밤
단지 나만 아니라면 그 누구라도 되고 싶은 밤
아직 입지 못한 그 옷을 입어야 한다
젖은 옷은 젖은 채로
굳은 옷은 굳은 채로
그 옷을 입고 다시 태어나야 한다
옷장에는 또 다른 옷들이
즐비하게 기다리고 있다

가방을 메고 활주로에서

먼 길을 떠날 때는
짐을 줄이는 일이 가장 중요하다

언제나 소년 앞에 서 있는 건
창녀의 가방

소년은 가방을 비운다
끌어안고 있던 모든 것을
활주로 밖으로 내던지며
고함을 지른다

까마귀 떼가 몰려와
버려진 물건들을 집어 나르고
무서운 속도로 가슴을 쪼아
소년의 심장을 파먹는다
가방은 오히려 무거워진다

언제나 소년들을 키우는 건
창녀의 손짓

>

토막 난 창녀의 시체를 담은
무섭고도 튼튼한 가죽 가방을 메고
소년은 활주로에서 다시 일어선다
채 아물지 않은 몸에서 내장들이 흘러나온다
소년은 걷는다
소년은 뛴다
양팔을 벌리고
날기 시작한다

썩어가는 창녀의 시체를 담은
어둡고 질긴 가죽 가방을 메고
소년은 활주로를 향해
조심스레 첫발을 내딛는다

소년이었던 소년

사람들은 입을 모아
즐거운 합창을 하고
소년은 그 노래의
가사를 알지 못하지

처음부터 지금까지
소년이었던 소년

피 묻은 옷을 벗고
맑은 물에 발을 씻고
무럭무럭 자라도 소년은
공장에는 갈 수 없다네*

출발하는 지하철에 오르지 못하고
아무도 없는 플랫폼에서
먼 곳만 바라보며
들리지 않는 음악에 맞춰
춤을 추는 소년

날 때부터 지금까지

소년이었던 그 소년은

자라지 않는 소년인 채로
조금씩 늙어간다네

마을 사람들

성안으로 들어가 본다
성안에는 나무도 있고 샘도 있는
비옥한 마을이 있다
잠시 한눈팔던 늙은 수문장이
생사를 걸고 찾아온 나를 불러 세운다
내게는 마을로 들어갈 수 있는 증명서가 없다
몸 구석구석에서 척박한 땅의 흙덩이만이 부서져 나온다
방금 들어온 문이 어디였던가
머릿속에서 벌 떼가 윙윙거린다
방금 들어온 문을 찾을 수 없다
입구였으나 이제는 출구여야 하는 문
순식간에 역할이 바뀐 그 문이
보이지 않는다
수문장은 다시 한눈을 팔고 있다
성안의 미로를 헤맨다
몇 걸음 물러서면 있을 것 같던 출구도
나무 몇 그루 지나면 당도할 것 같던 마을도
보이지 않는다, 미로의 끝에 있는
비옥한 마을에서
맑은 샘물을 마시고

나무 그늘을 즐길 마을 사람들
그들은 어떻게 마을 사람이 되었을까
출구도 마을도 찾지 못하고
미로 속에 갇힌 나는
맨 처음 이곳에 온 진짜 이유를
도대체 알 수가 없다

햇볕을 들여놓고

너의 방은 언제나 축축해
벽은 얼룩이 지고
여기저기서 곰팡이가 피기 시작했어
조금 더 큰 창문이 필요해
너는 아주 외부와 단절된 느낌이야
이렇게 작은 창으로는
세상을 향해 손을 내밀 수 없어
그러나 억지로 창문을 열지는 않을 생각이야
우울증과 불면에 시달리던 네가
서투른 잠에서 깨어나지 않았으니

아주 큰 창문이 필요해
열지는 않더라도
투명 유리를 통과한
햇볕을 들여놓고
축축한 방바닥을 말려야만 될 것 같아
그래야만 될 것 같아

너의 방에 가려면
기차 건널목을 지나야 하지

경고음을 내뱉으며 바리케이드가 쳐지면
너에게로 가는 길은 막혀 버리지
의미 없는 말들의 시체를 실은 기차가 지나간 뒤에나
너를 만날 수 있는 좁은 길이 열리지
그래서 너의 방은 햇볕조차 찾아가기 힘든 건지도 몰라
외부와의 단절은 창문 때문이 아닌지도 몰라
넓은 창을 만들어도 햇볕은 찾아오지 못하고
너는 매일 축축한 방바닥에서
새우잠을 자야만 할지도 몰라

달을 향해 나무가 자란다

처음으로 어머니를 떠나오던 날 입었던
검은 옷을 벗고
달을 향한 나무에 오른다
숲이 되어버린 놀이터
현기증이 쏟아진다
내 탯줄을 자르던 녹슨 가위처럼
허연 이빨 날카롭게 드러내며 걸려 있는 달
지금까지 한 번도 잊어본 적이 없는 달
나는 달을 한 모금 마시려다
달에게 물려 상처를 입고
나무에서 떨어진다
달은 나에게 다시 검은 옷을 입혀 준다
땀에 절고 냄새도 나는
나의 젊음은 검은 옷 한 벌

놀이터를 나온다
한 발자국 걸을 때마다
검은 옷에 스며드는 핏방울
달에게 입은 상처가 갈 길을 막아선다
곧게 뻗어 있던 길은 꺾이고 휘어져

제멋대로 뒤엉킨다
놀이터에서의 밤은 너무 짧았다
너무 길었다 어둠 속에서
나무는 쑥쑥 자라 놀이터를 덮어버리고
연어도 알고 곰도 알고
범고래도 아는 그 길은
여전히 뒤엉켜 있다

소년들

소년은 잠들지 못한다
밤마다 내지르는
고함과 채찍과 박차
소년은 달리지 못한다

소년은 엄마를
엄마라고 부르지 않는다

달리지 못하는 말발굽 소리가
머리를 짓밟는다
끝나지 않을 사막의 갈증
들판의 사면이 막힌다

소년은 거울 속에 갇혀
충혈된 눈으로 세상을 노려본다

광활한 초원이 쩍쩍 갈라져 공중분해 되고
도시의 밤은 평화롭게 깊어간다
거울 밖의 소년 혼자
몸집이 왜소하다

>

소년은 더 이상

자라지 않는다

나무 한 그루가

해가 바뀌어도
꽃이 피지 않는다
갑옷을 입은 나무가
말라 죽고 있다

죽음에 대해 묻는 대신
더 열심히 일했다
죽어가는 나무에 물을 주었다
나뭇잎은 푸르게 출렁이고
뿌리는 실해졌다
그런 줄 알았다

태초에 두 그루의 나무가 있었다
한 그루는 처음부터 죽어
있었다

나무도 없는데 검은 옷을 입은 천사는
흑백의 땅을 넓혀 가고
나무는 죽었는데 죽음을 모르는 나는
더 열심히 물을 주고 있다

즉석 사진

부평역 환승 통로에서
지나가는 사람 아랑곳하지 않고
웃통을 벗은 채 바스락거리며
비닐봉지 속 구겨진 옷들을 꺼내
갈아입고 있는 저 소년의 나이는 50대
휘어질 듯 깡마른 몸에
어디에 취직하려고
급하게 사진을 찍는 걸까
사진은 죽은 이의 것이 되어
천국에 취업할 사람처럼 투명하게 나올 텐데
공장에서 쫓겨난 저 소년
공장에 들어가고 싶은 저 늙은 소년
아랑곳하지 않고
사진을 찍는다
천국을 향한 사진을

이미

스물여섯에 잠깐
만난 남자가 있었지
그는 항상 아버지
얘기를 했어
그때는 선이 굵은
그에게만 집중하느라 아버지
얘기를 흘려듣곤 했지

그와 헤어진 후 그의 아버지는
나의 아버지가 되었지
내 두 귀를 관통하는 물처럼 흘러가던 아버지는
영원히 삼켜지지 않는 술이 되었어

그의 입에서 흘러나오던
굳건한 아버지는
아버지는 관절이 뽑힌 채
문을 향해 도망쳐야 했어
아버지는 중풍에 걸린 채
거리에 나가 자유를 노래해야 했어
제대로 걷지도 못하면서

제대로 말하지도 못하면서 말야

이미 시간은 흘러가 버리고
이미 젊음은 지나가 버리고

그의 입에서 굳건하던 아버지가
내게로 오자
한없이 초라하고 따뜻한 아버지가
되어 있었어

어항 속의 사내들

사내는 거실의 반을 차지하는
수족관을 들여놓고
물고기를 들여놓는다
사내는 물도 고기도 사랑한 적이 없다
다만 수족관은 인테리어에 적절하고
커다란 수족관만이
커다란 자동차처럼 자랑스러울 뿐
출장 나온 수족관집 주인은 보름에 한 번
수족관을 청소하고
죽은 물고기들을 뜰채로 떠낸다
밤이면 수족관 산소 공급기의 미세한 소리에
사내는 끝없이 뒤척인다
물거품이 되어 사라지는 산소들
거품 크기만큼 트였다 막혀 버리는 사내의 숨통
사내는 부글거리는 물거품 소리를 참지 못하고
산소 공급기의 플러그를 뽑아던진다
아침이면 여지없이 팔뚝만 한 물고기가
배를 뒤집은 채 떠 있다
사내는 죽은 물고기를 건져내지 않고
수족관집 사내를 부른다

아직 살아 있는 물고기가 죽은 물고기를 뜯어먹는다
먹을 거라곤 산소 방울밖에 없던 물고기들은
사내의 거실에 갇혀 죽어간다
물고기는 수족관집 사내를 기다리지 않는다
사내는 수족관에 들어가 누워본다
웬일인지 막혔던 숨통이 트이고 편안하다
물고기들이 사내의 몸에 입질을 시작한다

교환

천안 삼거리
허름한 여관에서
하룻밤 머문다 성수기를 맞아 겨우 얻은
작은 방 옆 카운터는
밤새 걸려 오는 전화로 분주하고
나는 잠을 설친다

여자를 싣고 오는 트럭 소리와
어디론가 여자를 싣고 가는 트럭 소리

불면증으로 고통받는다던 친구는
뒤척이는 나와 상관없이
소음과도 상관없이 잘도 잔다
피곤한 여행길인데도 잠은 오지 않고
전화와 여자와 트럭이 대신 오는 밤

여자아이들은 몇 년 사이 턱없이 자라
트럭에 실려 오고 실려간다

이제 아침이 되면

잘도 잔 내 친구와 잠 못 이룬 나는
천안 삼거리, 여자를 대주는 여관에서 나와
울창한 소나무 숲이 유명하다던
안면도행 고속버스에 오르겠지

늙은 소나무가 쓰러진다 땅 속의
어린 소나무는 두껍게 깔린 낙엽을 뚫고 나오지 못한다
바다와 모래사장을 덮어 누른 콘크리트 위에서
트럭을 타고 온 여자들이 흥청대고 있다
멀리서 지켜보자니 한없이 나른하여
한꺼번에 졸음이 밀려온다

꼬리뼈 그 자리에서

마음 터놓고 다가서는 일, 그런 일은 이제 우리에게 웃음거리가 되어버렸지. 그것이 웃음거리라면, 바짝 잘라내고 덧나지 않을 약을 바르는 것이 상책이었겠지. 원시림 무참히 꺾여 나간 자리에 마천루가 들어서고, 그 안에 반듯하게 둘러앉아, 반듯한 얘기들 나누다 돌아올 때면, 없어진 꼬리를 잠시 아쉬워하기도 하지만, 누군가 꼬리 흔들며 다가오면, 눈살 찌푸리며 슬쩍 물러서 버리고 말았지. 문마다 닫아걸고, 자물통을 채워버렸지. 수면제 몇 알로 삶을 진정시키며 눈 질끈 감았지. 닫혀진 문 안에서 모든 것이 푹푹 썩고 있었지.

나는 불현듯이 꼬리뼈가 가렵다
아하, 그것은 절대로 잘라내서는 안 될
내 사랑의 징표가 있었던 자국이다
오늘은 없는 이 꼬리,
머릿속에서는 모든 것이 말소된 페이지가
짐승의 날카로운 이빨에 물어뜯기고 있었다
나는 두 발로 걷던 걸음을 멈추고
그리고 어디 한번 네 발로 걸어보고 싶었다
그리고 어디 한번 이렇게 외쳐보고 싶었다

꼬리야 돋아라, 다시 돋아라

막아놓은 댐을 뚫고 흘러보자꾸나

힘차게 한번 흘러보자꾸나[*]

　무심코 잘라냈던 꼬리 안간힘 다해 다시 길러보려 하지
만, 응어리진 마음은 숙변으로 썩고 썩어, 생살만 찢어진
다. 변기 가득 신음 섞인 핏물만 고인다.

[*] 이상의 「날개」 중에서 변용.

뛴다

달리기로 한다
거리엔 사철 변하지 않는 나무들이
시간을 붙잡는다
달리려는 나를 붙잡는다
방에서 달리기로 한다
옷을 벗고 뛴다
온몸의 피가 혈관을 뛰쳐나간다
숟가락을 물고 뛴다
삭지 않은 밥알이 목에 쌓인다
책을 들고 뛴다
숨이 찬다 어둠이 몰려온다
쓰레기통을 안고 뛴다
방바닥에 눈물이 쏟아진다
미끌거리는 곳에서
제자리뛰기
모든 것이 나에게서
멀리 달아나고 있다
나는 뛴다

멀미, 산문 투

설악산 간다. 가벼운 짐 싸들고. 가벼운 프라이드. 자존심은 가볍게 되살아난다. 허파에 바람이 든다. 불어난 허파가 뿜어내는 이산화탄소. 차창에 부딪혀, 하얀 주검으로 쌓인다. 세상은 늘 뿌옇고, 산은 보이지 않는다. 길은 아직 열려 있다. 산은 길을 통해 가야 한다. 희미하게나마 보이던 길을 가려버리는 하얀 주검들. 길이 없으니, 사방은 막히고압축은시작된다. 정지! 차를 멈춰요. 내장이 뒤집히고 있. 제발. 문을 열자 바람이 가슴을 찌른다. 압축되었던 나는, 바람 속에 튕겨진다. 소화되지 못한 것들이 입 밖으로 쏟아져 나온다. 대지와 나를 잇는 포물선. 속의 것을 쏟아낸 나는 바람 속을 걸어본다. 상처가 깊다. 무겁게 가라앉은 가벼운 프라이드. 미안해요. 출발. 출발. 빈속 기울여보며 설악산 간다.

파란 은행잎

이력서를 쓰세요
헐떡거리며
험한 산 오르던 젊은 날을 새기세요

내 젊은 날을 감싸고 있던
좀이 슨 낡은 옷은
이제 거추장스러워요
버릴 수도 입을 수도 없잖아요

남산 꼭대기 봉수대에
나를 차분히 걸어 넣고
쾅쾅 못을 박으세요
깊이깊이 망치질하세요

이력서는 접수되지 않아요
힘들게 붙들고 있던 봄날은 처형되죠
죄지은 사람처럼
이력서 되받아 돌아설 때
봄날은 가요 여름날도 가요
순식간에 가을 돼요

>
하늘은 높고
길은 넓게 펼쳐져 있는데
아직 구린내를 풍기지 못하는
퍼런 은행잎이
나뒹굴고 있어요
짓밟히고 있어요

현리나 홍천

강원도 홍천,
어느 날 현리계곡으로 사라진
그를 생각한다
출근버스를 기다리다 갑자기 시외버스 터미널로
옮겨가고 시외버스 터미널에서
현리행 버스를 탄 그

나는 아직 현리가 어디 있는지
알지 못한다 일부러
지도를 펴지 않은 지 오래되었다
강원도 홍천에 가면
현리에도 갈 수 있을 것만 같은 밤
국도변에서 옥수수를 팔던 아낙네들은
길을 가르쳐준다며 차를 얻어 탄 뒤
어둠으로 향하는 길만 가리키다가
자신의 집으로 사라진다
세 바퀴째 같은 길을 돌고 있지만
아낙이 가리켜 준 길 끝에는 홍천도 현리도 없다

사직서도 내지 않은 그

같은 길만 되밟으며
그를 찾아가는 길
한 번도 햇빛이 든 적 없는
어두운 그늘에 서늘한 바람만이 낮게 감도는
현리, 또는 홍천
가는 길을 나는 지금 찾고 있다

제2부

모음과 자음의 소년

담장 안 무덤가엔 냇물이 있다
무덤을 열고 소년이 나온다
멈춰진 냇물에 검은 얼굴
비춰보고 또 비춰보며
한 세월이 지난다

냇물에게 말을 배우고
냇물에게 말을 건다
울고 있는 소녀
소년은 서둘러 결혼을 한다
받아 든 말을 삼키고 냇물은
재빨리 흐른다 잡을 수가 없다

제법 많은 말을 배웠지만
소녀의 울음은 그치지 않는다
모음과 자음이 쌓여 간다
허공을 향해 내뱉은
소리가 썩어 넘쳐
냇물이 다시 흐르지 않는다

눈은 살아 있다

침대에 누워
김수영의 「눈」을 떠올린다
눈은
살아 있다

수많은 눈동자들
부릅뜬 눈동자들이
허공에 떠다닌다

다음 구절
( )( )( ) 눈은 살아 있다
다음 구절이 잘 생각나지 않는다
그래도 나쁘지 않다

고개를 옆으로 돌린다
아기가 눈을 부릅뜨고 있다
눈은 살아 있다

아기를 바라본다
아기가 내게 주문을 건다

눈을 감아요

눈이 스르르 감긴다
눈이 떨어진다
온 세상이 하얀 눈 천지다
눈 때문에

눈이 부셔 눈을 뜨니
아기가 내 얼굴에
침을 뱉는다

굳는 사람

벽을 부수며 거세게 밀려온다

냉장고의 모터 소리

고장 난 수도꼭지에서 물 새는 소리

입시생을 위한 피아노 연습곡

자정을 깨우는 폭주족

보호 벽은 무참하게 파열된다

도시는 볼륨 최대의 강렬한 Hard Rock

바위가 깨어진다

다이너마이트가 폭발한다

제발 저 소리를 줄여 줘요

고막이 터질 것 같아요

소리를 덮어 누르기 위해

끊임없이 창조되는 더 큰 소리들

밤이 깊어 모든 불을 끄고 나면

질기게도 살아남은 거대한

바퀴벌레 한 마리의 저주 섞인 주문이

모가지를 파고든다

빙하기의 한파가 정수리를 찌르고

깨어진 얼음조각들이 나를 다시 덮어 누른다

차라리 귀머거리이고 싶은 나는

반듯하게 누운 채
굳는다 굳어간다 얼어간다
청동, 아니아니 얼음이 된다
아니아니 얼음 브론즈가 된다

회전식당

그곳에 가려면 줄을 서야 한다
사람들은 오래 서서 기다릴 줄을 안다

차례가 되어 자리를 잡으면
미세한 회전으로 세상은 비껴간다
내 안에서도 많은 것이 비껴간다
죽은 아버지도, 옛 애인도
이제는 너무나 먼 곳에 있다
멈춘 듯 회전하는 원 속에 휩쓸려
소중한 것들을 밖으로 내던진다
회전하는 둥근 원을 잘라
직선으로 펼 수가 없다
남산타워 회전식당에서 먹이를 기다리며
회전당하는 나는 허기에 지친 짐승에 불과하다

상처 입은 짐승의 시간
멈추지 않는 회전식당

사람들은 회전식당에 자리 잡기 위해
줄을 선다 나도 그 무리 속에 섞여 있다

무수히 회전하면서도

단 한 번 원점으로 돌아온 일 없는

그곳

열불 난다

앉은뱅이책상이 하나
앉아 있다

어두운 카페 구석에 앉아 엿듣는 얘기, 흥분한 청년, 묵
묵히 듣고 있는 노인, 도전하려 했지요…… 쥐뿔도 모르
면서…… 자책감이 앞서더군요…… 내게도 자격이 있을까
요…… 망설여져요…… 망설이다 한 세월 보낼지도 모르지
요…… 열불이 나요…… 다른 놈들 모두 성공하고…… 나
는 이렇게 앉아만 있으니…… 열불 나죠…… 고개 떨구는
청년, 그래 그 열불

앉은뱅이책상이 하나
앉아 있다

그랬던가, 나 또한 그랬던가, 내가 아닌 엉뚱한 놈들에게
기회가 돌아가면, 그래서 그놈들이 기분 째지고, 활개를 치
고 돌아다니면, 나는 열불이라도 났던가, 열불만 나고 말았
던가, 열만 나고 불은 피우지 못했던가, 도화선이 없어 폭
발하지 못했던가, 불 피우기 전 폭발하기 전 구정물 먼저 뒤
집어쓰고 불씨 꺼뜨리고 말았던가, 또 주저앉고 말았던가,

그렇게 주저앉아만 있는 앉은뱅이책상이었던가

앉은뱅이책상이 하나
앉아 있다

돌고 도는 국어사전

참 힘

함민복

국어사전의 맨 뒷장에서
전 모국어를 떠받치고 있는 힘

항상 국어사전을 끼고 다니는 남자가 있었다
고문 기술자라는 별칭을 갖고 있는 그는
더 완벽한 조서를 꾸미기 위해
국어사전까지 찾아가며
퇴고를 계속했다고 한다
그는 KBS 1TV 〈인물현대사〉에도 출연한다
고문 중에서도 특히
관절을 뽑는 데 명수였다는 그의
더 적절한 죄를 덮어씌우기 위해
국어사전까지 찾아가며
멋진 글씨체로 조서를 꾸미던 그의
아귀찬 손목 관절이
화면에 확대되어 나온다

우리말 실력을 키우기 위해

하루에 20문항씩 틀리기 쉬운 우리말 문제를 푼다
새로 산 국어사전 옆에 놓고
학생들에게 바른 우리말 실력을 키워주기 위해
나의 우리말 실력을 키워나간다

뜨거운 그해 여름날

뜨거운 그해 여름날
삼층 석탑에는 쉬파리가 들끓었다
스님들은 밥주걱을 들고 파리들을 쫓았다
얇은 이불을 얼굴까지 뒤집어쓴 어머니는
누워만 있었다 누워 있어도 멀리 날아가고 있었다
어머니의 머릿속에는 절간에서 찾아낸 극약이
잿가루가 되어 쌓여 있었다
튼실하게 살이 찐 실뱀들은
잿가루를 핥아먹으며 득시글거렸다
한 번도 얼굴을 본 적이 없는 어머니 속에서
숱하게 죽은 아버지의 시체들은
엉켜진 실뱀이 되어 진물과 함께 흘러내렸다
이상하게도 스님들은
나무도 모으지 않고 불도 피우지 않고
밥알 하나 묻지 않은 밥주걱으로
파리 떼만 쫓고 있었다

버스 정류장에서 그녀는 버스를 기다린다
오늘이 어머니 기일忌日이야 일찍 들어가 봐야 돼
매정하게 나를 뿌리친다

당신 어머니는 자살하지 않았죠?
그녀는 놀라며 대답하지 않는다
버스가 도착한다 그녀는 잡고 있던 내 손을
다시 한번 뿌리치며
소름끼치는 웃음을 남기고
멀리로 날아간다
버스 정류장에 난데없는 쉬파리들이 몰려든다
까맣게 거리를 덮친다
실뱀들이 하늘에서 툭툭 떨어진다

미라

오늘도 섬을 향해 떠난다
떠나지 않는 미라를 생각한다
풀지 않은 짐을 지고 집을 나서며
미라가 낳은 아이를 생각한다
맨 처음 섬에 가기 위해 짐을 꾸릴 때
그날은 아무 생각도 나지 않았다
그날은 갑작스런 폭설로 모든 길이 막히고
하늘이 맑아지기를 기다려야만 했다
섬에서나 필요할 그 짐을 그냥 들고
미라가 기다리는 집으로 돌아와야 했다
지구가 둥근 것과는 상관없이
짐인 채로 구석에 놓이게 된 일상은
우주의 중심이 되었다
미라가 낳은 아이가 짐 옆에 쪼그리고 앉아 있다
일상이었던 것이 짐이 되어버린
중심을 잡고 뿌리째 흔드는 새로운 중심
그래, 나는 일상을 버리고 싶었던 걸까
미라를 잊고 싶었던 걸까
짐 옆의 아이는 짐 속의 아이가 되고
버리지 못한 짐은 자꾸 아이를 낳아 기르고

아이들은 방 안 가득 불어나 있다
거리낌 없이 해를 향해 뛰어가 바닷속에 발을 담그던
지난여름의 서해 아이들
모난 바위들을 밟으며 모래를 밟으며
아이들은 태양을 향해 더 깊은 물속으로 나아간다
짐은 여전히 구석에 놓여 있다
날은 개고 오늘은 섬을 향한 모든 길이 열렸다
이제 짐을 버릴 기회가 온 것일까
나는 짐과 함께 섬을 향해 떠난다
태양을 향해 헤엄치던 미라의 아이들은
나보다 먼저 섬에 도착해 나를 기다리고 있다
때가 오면 그 아이들을 사랑하리라던 다짐은
뭍인 줄 알았던 이곳이 섬이었음을
섬인 줄 알았던 이곳이 뭍이었음을 깨닫는 순간
다짐은 깨져 버린다
미라가 낳은 아이들이 자꾸 내 안으로 걸어 들어온다
스멀스멀

나와 헤어지며

난폭한 택시 운전수는
미터기를 켜고
운전을 시작한다
그는 아직 저 뒤에서
부들부들 떨며 달려오는데
나는 벌써 택시에 올라탄 채
여기까지 와 있다
택시가 신호에 걸렸을 때
그는 겨우 달려와
내 속에 들어오려 하지만
빨간불이 끝나기도 전
택시는 다시 출발하고 그는
길바닥에 쓰러진다
안간힘 쓰며 일어서는 그
난폭하게 운전대를 잡은 이 운전수는
나를 어디로 데려가는 것일까
이미 말한 목적지를 운전수에게
다시 한 번 말하려다
입을 틀어막는다
사이드미러를 본다

뒤처진 그가 작게 멀어진다
그를 빼어둔 채 조바심치며
구토를 일으키며 여기까지 왔다
운전수가 좌회전 핸들을 꺾자
멀어진 그가
그나마 점으로도 보이지 않는다

달과 해를 집어삼킨 채

목까지 차오르는 이물감
압박당하는 위와 두개골
목 안엔 바늘이 솟고
구토증은 끊이지 않는다
여름은 겁 없이 달과 해를 집어삼킨 채
서둘러 짐을 꾸린다
사막을 벗어나지 못하고
맞이한 늦여름
나는 겁 없이 집어삼킨 해와 달을 토해 내
죽은 애인을 가슴에 묻듯
하늘에 묶어둔다
조급증에 시달리며 모래밭을 걷는다
한 알의 모래
치밀어 오르는 구토
접힌 우산 속에 숨어
몸 안의 불덩이를 삭이던 여름, 현기증
가을이 되면
순리대로 나이가 들면
내 안의 거식증은 사라지고
말도 나도 살이 찔는지

녹음기는 불안하다

녹음기는 불안하다
수명이 다 된 건전지를 안고
슈베르트의 밤과 꿈이 늘어지고 있다
기타 줄이 늘어지고 있다
늘어진 줄을 밟고
마지막 음계를 노크하는 밤은 온다
건전지를 갈아 끼운다
지하 망령들의 계명을 생각하며
늘어진 기타 줄 팽팽히 잡아당겨
한 줄 한 줄 음을 만든다
그 줄의 탄력, 되살아나는 밤과 꿈
사나운 짐승 나무 돌이 순하게 깨어나고
잠든 대지에서 파릇한 새싹이 돋는다
폭풍을 몰고 온 마왕이 검은 옷을 늘어뜨리는 밤에
꿈을 꾸는 슈베르트
팽팽히 당겨진 기타 줄 사이로
천지 사방에 숨통을 조이는 꽃을 심고
사라지는 마왕의 뒷모습

나무가 내게

나무가 내게
말을 건넨다

저 나무의 말을
알아들을 수 있을까?

밀물 드는 바닷가에서
뒷걸음질만 치는 나무

진흙 바닥에 처연히 누워
젖은 몸을 말리는 나무
바닷물이 뚝뚝

세상에서 가장 여린
피리가 되어
멀리 있는 것들에게
말을 거는 나무

그 나무의 상징을
읽을 수 있을까?

\>

나무가 내게 물었다
왜 거기 서 있어요?

제법 고독하다

총을 든
총이 들어 있는 가방을 든
두 장의 포스터로 남은 남자
그녀가 갖고 싶은 건
총이 들어 있는 가방을 들고
도시 한가운데 서 있는
남자의 포스터
나는 그 남자를
그녀에게 데려다주기 위해
강남에서 충무로까지 벽을 보며 걷는다
충무로 전철역 벽에 붙어 있는 포스터를
주저 없이 끌어내린다
실수로 남자의 발 부분이 찢어진다
찢어진 발로는 더 이상 어디로도
갈 수 없다 이제 남자는 그녀의 것
남자를 돌돌 말아 그녀에게 내밀자
감동한 듯 눈물을 글썽인다
계단을 내려오다 내 귀를 살짝 잡아당겨
난 영원히 네 여자야, 속삭인다
그녀의 방엔 남자와 그녀 단둘뿐이다

나의 방엔 나와 나뿐이다
총이 들어 있지 않은 가방을 들고
긴 외투를 걸치고
방 한가운데 서본다
거울에 비친 모습이 제법 고독하다
발이 찢어진 채 그녀의 방에 갇혀
오도 가도 못하는 남자가 되고 싶다
영원히 내 여자이면서
한 번도 내 여자인 적 없는 그녀는
화분에 심겨 어디로든 옮겨간다

박쥐우산

눈부신 태양이
천 일 낮 천 일 밤을
빛으로 물들일 때
나는 접힌 채
나는 묶인 채
어둠 속 동굴 안에 갇혀 있다

비가 오지 않는다

평생 거꾸로 매달린 듯
오금이 저려요
저는 그래요
비를 만나지 못하면 날개를 펼 수 없고
날개를 펴면 흠뻑 젖어야 하는
낡은 박쥐우산

비를 기다린다

우산살 끝에 매달린 빗방울
톡톡 터뜨리며

헛헛한 가슴으로
우산 아래 웅크리고 있는
사람들 속에서 나는

오금이 저린 채 비를 기다린다

눈빛

처음,
빗방울 하나
가슴에 튄다
하늘을 본다
하늘은 보이지 않는다

당신,
빗줄기만 굵어진다
퍼붓는다 폭포
온몸을 잠기게 한다
거침없이 나를 집어삼킨다

시간.
퍼붓던 비가 멈춘다
굳어지지 않는 땅이 드러난다
퍼붓던 비가 멈춘다 텅 빈
하늘이 보인다
무지개가 투명하게 솟아오른다

감각.

물은 말라버리고
판도라는 굳게 입을 다문다
무지개에 찔려 쓰러진다
지워지지 않는 지문 하나가
눈동자에 새겨진다

죽은 내 애인이

1
미안하다, 하네
홀로 떠났음을 용서하라, 하네
새로 만난 애인과 함께 있으면
불쑥불쑥 튀어나와
거긴 아니라고 울며 말하네

먼저 떠난 그대여
지금은 이곳이
내가 있을 곳이라오
그대는 그렇게
나를 떠났을 때의 매정함으로
지옥에서 유황불이나 지키고 있어다오
지금 내가 있는 이곳에서
악마에게 슬픈 영혼 팔지 않게 해다오

2
오늘 나는 거리에서
유황불 지키다 온 너를 보았지
생시의 모습과는 달리
말끔한 차림으로

지옥에서나 만났을 법한 여인과
팔짱을 끼고 있었어
그 모습이 얼마나 눈부시던지
너에게는 지옥마저도
고통 없는 아름다운 곳이었는지

3
외투 속에 얼굴 파묻고 도망치는 내 모습
치욕스러운 내 발걸음

그의 가슴속에서 매장당한 채
홀로 유황불 지키고 있는 나를 보았다
이제 보니 나도 마찬가지였구나
죽이며 죽으며
관계는 끊임없이 이어져 왔구나
곁에 없는 사랑을
지옥으로 보내야만 살 수 있었던 날들이
그에게도 있었구나
지옥엔 가보지도 못한 우리들
검은 구름 속에서 만난 연인과 팔짱을 끼고
조심스레 발길 옮기고 있었구나

소유의 꽃

남자가 있었다
사랑을 얻으려다 비열함을 얻고
사랑을 얻으려다 죽음을 얻은 남자가 있었다
사랑을 얻으려다 죽은 그는
무덤이 없다
갓 지은 밥알과 섞여
뿌리면 뿌리는 대로
강물 속에 묻혔다
흐르면 흐르는 대로
강물 속에 스며들었다
뒤늦게 여자가 찾아와
꽃 한 다발 내밀었지만
남자는 강 깊은 곳으로만 가라앉을 뿐
그 꽃을 소유할 수 없었다
갓 지은 밥알을 삼킨 물고기들이
신물을 토하며 나자빠져
물속에 때아닌 물고기 무덤이 생겨나고
악취가 강을 뒤덮어도
바다에 가지 못한 채
강이 맨 처음이고

맨 마지막인 남자가 있었다
그 남자 하나 때문에
강물에 썩어 문드러진 꽃이 넘쳐나고
부패한 생선토막이 거품으로 산을 만들어내는
악몽이 계속되었다

해변의 나무

하루 종일 방에 누워
독한 담배를 피운다
내가 꿈꾸던 바다는
굳게 닫힌 창밖에 있다

방 안에서 담배 연기를 모아
여린 나무를 키운다

햇빛을 못 받은 나는
잠시 머물다 사라져간다
여린 나뭇가지와 함께
하루하루 시들어간다

바닷물로 나무를 그리기 시작한다
바닷물은 너무도 빨리 마른다

바람이 분다
이미 떠나온 곳에서만 분다
비어 있는 오래된 집에서
홀로 머물다 간다

>
바람이 분다
죽어야겠다

나무가 없는 곳에서
바다가 없는 곳에서
홀로 죽어야겠다

비에 젖은 생일 카드

생일 카드를 그린다
달 따러 가는 어머니를 그린다
다친 어깨의 통증은
그의 생일을 앗아 간다
창밖으로 비가 오는지
바람이 부는지 알 수 없다

생일 카드를 그린다
달 따러 가는 어머니 뒷자락에
눈물이 묻어 있다
하늘에 걸린 달 하나 뚝 꺾어
한 손에 쥐고
아픈 그를 다독거리러 가는 어머니
정수리에 내리꽂는 비도
넉넉히 받아주며
먼 길 달린다, 빗속의 먼 길 달린다

생일 카드를 여는 순간
터져 나온 달빛이
그의 어깨에 스며든다

빗속의 한달음에
숨을 헐떡이면서도
어머니는
세상의 모든 상처를 향해
힘 있게 스며든다

결핍

사랑은 아프기만 하고
나는 그와 할 때도 이렇게 아플까 생각한다
그가 아니어서 이렇게 아플까 생각하니
그가 그리워 눈물이 난다
그와 단둘이 있을 때도
난 영원히 네 여자야 속삭일 때도
나는 그와 일란성 쌍생아인 그를 의식했다
그의 사랑은 한쪽이 늘 비어 있고
그가 제일 사랑하는 사람은
그일 거라는 생각에
자제할 수 없는 질투심에 치를 떨었다
넘치는 듯 보였던 내 사랑이 오히려
충만함에서 벗어나고
꽉 찬 달의 살이 깎여 나갔다
그 살 깎이는 아픔이 지금
내 몸에 강렬하게 스며들어
나는 도리질 친다
사랑은 언제나 아프기만 하고

제3부

계수나무 한 그루

계수나무 한 그루
바다에 우뚝 서 있다
수줍던 소년의 목을 꺾어 뿌리 속에 감추고
푸른 잎 무성한 나무로 바다에 서 있다
모자는 없이 열여덟의 랭보처럼
불어오는 바람에 머리칼이 날린다
골방에 갇혀 곰팡이 피던 내 기억에
태양의 파편 한 아름 쏟아붇고
바다로 다시 돌아간다
내 굳어버린 기억은 오래도록
미동도 없이 흔들리다가
계수나무 한 그루 마당에 옮겨 심는다
비 오면 비를 맞고
해 뜨면 햇빛 맞으며
나를 지켜볼 계수나무 한 그루 마음에 심는다
내일 아침이면 다시 바다에 서 있을
입 다문 나무 한 그루

나방 속의 나비

그대에게 다가가고 싶어
따뜻한 백열등을 향해 날개 퍼덕이면
유리창은 내 눈을 피해 경계망을 편다
두 날개 접고 스며들고도 싶지만
그대는 틈을 보이지 않는다

누가 내게 나방이라 이름 붙였을까
동심 가득한 창문 하나
열어볼 수 있도록
하얀 나비로는 될 수 없을까

그대의 창을 노크하면
나비를 가장한 나방이라며
눌러 죽이려 한다
핏방울 하나 보이지 않는
건조한 죽음

나비를 가장한 나방이라니
당신의 입속으로 들어가는 하얀 쌀밥
나는 그 쌀 속에서 나왔어요

밥이 되어 당신
속으로 들어갈 수도 있어요

나는 그냥 나방이고 싶었지
부질없이 한두 번 나비를 꿈꾼 적도 있지만
그래도 나방인 채로
그대를 만나고 싶었어

몸이 자꾸만 비틀린다
세포가 조각조각 떨어져 내린다
현란하게
한 세계가 열린다

미안해요

당신이 죽지 않아서
사귀지 않았다고 말했어요

나와 사귀었던 사람은
모두 죽어야 하거든요
그렇게 너무 쉽게 말하려 했어요

지혈도 안 되는 사람이
수술은 왜 했어요?
20년도 지난 일인데 그때
사귀었다고 말하고 싶었던 거예요?

미안해요
당신과 사귀었어요
그래서 당신이 죽었어요
나와 사귀었던 사람은
모두 죽어야 했거든요

미안해요
내가 그때 튤립나무 아래 벤치에 앉아 있어서

미안해요

내가 그때 옆에 못 앉게 해서

사진 속의 바다

바다에 가서도 나는
바다를 보지 못했다
사막을 걷듯
자갈길을 걷듯
팍팍한 걸음으로
백사장을 거닐었다
멀리 들려오는 파도 소리에
바다에 대한 상상력만 키우며
그 밤을 보냈다
다음 날 속성으로 뽑은 사진 속엔
바다가 내 발밑에 있었다
통 넓은 반바지 속에 감춰진
하얀색 순면 속옷까지
비춰주고 있었다
내 발밑에 놓인 거울,
파도에 밀려
굴곡진 모래 고랑마다
음험한 거울이 고여 있었다
그 위를 걸으면서도
나는 모르고 있었다
나는 아무것도 모르고 있었다

죽고

봄꽃이 아직도 이렇게 화려한데

화려한 봄꽃이 죽어도 지지 않을 텐데

지지 않은 내가

내가 아직 그 봄꽃 아래 서 있는데

꽃잎 하나 떨어진다
이를 앙다물고 손바닥 위에
올려보는 시신
아직 식지 않았다
아직 썩지 않았다
도리질을 하며
불어대는 가벼운 바람
날아오르는 꽃잎
하나

나는 아직 그 날아오르는
꽃잎 아래 서 있다

이동 건축

사람을 보내고
이마를 짚었다
사람을 보내고

문을 나서지 못했다
긴 탁자 모서리를 서성거렸다
식지 않는 뜨거운 차를
외면하지 못했다

눈물 대신 땀이 흘러나왔다
움직이지 않는 입술
기차 지나가는 소리가
귓속을 파고들었다
문은 굳게 닫혔다

심장을 꺼내
집을 짓고 방을 만들고
침을 삼켰다 울음을 삼켰다

슬프지 않습니다

\>

터져 나오려는 말을 삼켰다
사막에서 불어온 모래바람이
얼굴을 간질였다

벚꽃 아래

걷고 싶었지요
그 아래를

떠올리기도 전에 바람이 불고
다가서기도 전에 비가 오고
걸어보기도 전에 사라져버리는
그 아래를

걷고 싶었어 꽃잎 아래
걸었지 떨어진 꽃잎 아래
눈부시게 나부끼는
그 아래를 사뿐히

걷고 싶어
나도 그 아래를

그때 우리에게 무슨 일이

모래 속에 파묻혀 매일 밤
죽은 자의 사진을 끓여 마신다
산이 무너진다 강이 무너진다
바다가 무너진다 매일 밤

결국 나는 그 일에서
빠져나오지 못한다
너는 그 일을 기억하지 못한다
이대입구 전철역 비엔나다방 앞에서
풀어진 내 신발 끈을 묶어주던 그 일을

모래를 툭툭 털며 매일 밤
그가 일어선다 그가 걷는다
그가 떠난다
내 뺨을 후려쳐도
내 목을 물어뜯어도
그때 우리에게 무슨 일이 있었는지
생각조차 나지 않는다
매일 밤

서공석 선생님 1

선생님 선생님
한 아이가 그럴듯한 이유를 대며
축구부를 그만둔다고 했을 때
선생님은 말씀하셨어요
사람들은 대부분
두 번째 세 번째 이유를 대지
4학년 6반
그때 저는 깨달았지요
제일 아픈 일은
너무 아픈 일은
아무에게도
말하지 말아야 한다는 것을요
그래서 선생님
아버지의 인감도장을 잃어버려
호밀대*로 맞은 것도
이른 아침 장사 나가시는 아버지에게
용돈을 타려다 털 장화 발에 걷어차인 것도
아무도 없는 운동장에서
혼자 그네를 타다 떨어져 다친 것도
말씀드리지 못했어요 선생님

그래서 선생님

저는 지금도

제일 아픈 일은

너무 아픈 마음은

아무에게도 말하지 않으며

20 30 40 50

무럭무럭 잘 자라고 있어요

* 호밀대: 호밀의 대, 밀짚모자의 재료로도 쓰임.

사물의 방

하늘에 계신 우리 아버지를 만나러 가기 위해
단장을 하는 주일 아침
식사 시간에만 문이 열리는 작은방에선
10년 동안 앓아온 어머니가 죽어간다
심장을 갉아 먹던 구더기들은 만난 적도 없다는 듯
수억만 년 허덕이던 시간의 감옥에서 벗어나
평화로운 표정을 짓고 있다
핏기 없는 얼굴은 오히려 뽀얗게 살이 올라 보이고
머릿결은 은빛으로 풍성하게 넘실댄다
비틀린 나무 같던 어머니가 반듯하게 누워 있다
반쯤 펴진 손에선 아직 따뜻한 온기가
그러나 맥이 뛰지 않는
움직이지 않는 것의 고요함을 간직한 채
늙은 나무는 누워 있다
나는 죽은 나무를 몇 번 흔들어 깨우다
찬송가를 흥얼거리며 화장대 앞에 앉아 있을 언니와
옷장 앞에서 깨끗하게 손질된 셔츠를 입고 있을 오빠를
부르러 간다, 그 사이
사물死物인 어머니에게 질긴 생生과 명命이 찾아오진 않
으리라

다시 그 방에 가면 시간은 여전히 어머니의 몸 밖에서 돌고
뜨겁던 피는 싸늘하게 식어 스치기만 해도
그 냉기에 온몸이 얼어 터지리라
바윗돌 젖히고 무덤을 빠져나갔다는 사내 이야기는
이야기일 뿐이다, 그 사이
문을 열면 부패를 끝낸 유골만을 보관한
박물관이 되어 있기를 간곡히 기도하며
한 번도 하늘에 계신 우리 아버지의
아내인 적 없는 어머니의 방
아주 오래전부터 썩기 시작한
그 작은방으로 향한다

아름다운 도시

아무도 나에게 눈길을 주지 않는다
하얀 꽃잎을 뜯어 물에 띄우던 여인은 사라지고
잔잔한 호수만 제 물을 삼켰다 내뱉는다
돌아가고 싶지 않은 곳, 바다
그곳은 나의 묶인 시간을 풀어놓으며
화려한 봄꽃이 지게 한다
일기장을 털면 잠들어 있던 먼지들이
일제히 일어나 춤을 춘다
도시는 얼마나 아름다운가
음습한 조명의 지하 카페
흐느끼기 적당한 어둠 속의 영화관
걷는 이 없어도 움츠러들지 않는 백색 거리
검은 바다로 가는 기차역을 멀리 묶어둔
도시는 얼마나 아름다운가
풀어놓을 곳도 심을 곳도 없어
오로지 내 것인 생채기를 다시 접어 넣으면
아물지 않는 봉투에서 진물이 새어 나와
역한 냄새 풍기는 피고름 덩어리가 된다
말을 잃은 입은 굳게 다물어지고
귀는 자연스레 어두워지는

흐르지 않는 물로 가득 차 아름다운

이곳 호수 도시에서는

겨울밤 열한 시

지금 당신은 내게 사랑한다고 고백하지만
나도 당신을 사랑한 적이 있지만
어디로 갔는가
과거와 현재를 이어줄 시간의 연결 고리들,
따로 서 있는 섬,
가슴에 내려앉는 혹한,
얼어붙은 땅에 마음을 묻는
겨울밤 열한 시, 입이 얼어붙어서
걸음은 휘청거리고 땅이 얼어붙어서
말은 나오지 않는데
내 집 앞까지 다가온 당신이
돌아서지 못하고
그대로 서 있지도 못하고
담벼락에 무너지며 내미는 손
장갑을 낀 손으로 나누는
마지막 악수
입이 떨어지지 않는
마지막 인사
언 땅은 녹을 줄 모르고
고리들은 풀어져 심연으로 빠지는데

감당할 수 없는
사랑을 말하는 당신
빙하 속에 흐르는 그 젊음!

그가 내 이름을

다행이다
그가 내 이름을 부르지 않는다

벚꽃이 지지 않는다, 다행이다
너무 오래 걸었는지
지느러미가 부르터 있다

만지지 말아다오
그가 내 이름을 부르지 않아서
삶이 눈부시지 않아서
참 다행이다

그녀가 내게 다가와

그녀는 내 등 뒤에서
커피를 마신다
그녀가 내게서 소유할 수 있는 건
커피 한 잔만큼의 공간
그곳은 바다와 가깝다
그녀는 접어놓은 우산을 잊은 채 일어선다
그녀가 사라진 창밖으로 비가 내린다
는개에도 그녀는 힘없이 젖고
건듯 부는 바람에도
얇게 펄럭인다
그녀를 적시던 비가 떠내려와
내 발목엔 큰물이 진다
그녀는 내 뒤에서 나를 본다
그녀는 바다와 가깝다
넘쳐서 터져버릴 것만 같은 바다가
나는 두렵다

꽃이 아니라면

열여덟
어머니가 쓰러졌다
야간 자습을 마치고 돌아오는 빗속
우산을 들고 마중 나오지 않는 어머니를 원망했다
병원에서 일주일 만에 돌아온
반신불수의 어머니를 부축하지 않았다
부잣집 막내딸로 잘 나가던 내 인생에
먹구름이 끼었다 열여덟은 영원히
잊을 수 없는 숫자가 되었다

스물일곱
내 젊음을 뒤덮고 있던 먹구름이 걷혔다
방 안의 악취는 아직 가시지 않았지만
장례식을 마치고 온 새언니는 밥을 차리며 콧노래를 부르고
거실에 있던 아버지는 놀라 부엌 쪽을 한참 쳐다보았다
그런 아버지를 나는 또 한참을 쳐다보았다

서른셋
먹구름이 걷힌 지 오래되었지만

날아갈 듯 기쁘고 무슨 일이든 해낼 수 있을 것 같았지만

누구처럼 인간의 죄를 대신해 십자가에 못 박힐 수도 없었고

누구처럼 자전적 에세이를 쓰며 스스로를 위로할 수도 없었다

걷힌 먹구름 때문에 오히려 터져버릴 것 같은 뇌를 감싸 쥐며

빨리 마흔이 되고 싶었다

남은 생을 편안히 보내는 것만이 유일한 소망이었다

마흔

이 되었어도 여전히 젊고 할 일이 없는 나는

먹구름의 그늘이 그리운 나는

어머니가 가보지 못한 양로원을 꿈꾼다

그 양로원 한구석의 먼지 낀 벤치에 앉아

젊은 시절 꽃씨를 나눠 갖던 친구와

꽃이 아니라면 곰팡이로라도 피어

붉고 푸른 무늬나 하얀 솜털로 피어

파편처럼 너절하게 흩어져 있는 이 삶을

시체로 남기지 않고

증발해 버린 듯 흡입시켜 줄

먼지투성이 블랙홀 속으로 빨리 빠져들고 싶다

50

누나 거기
거기 잠깐만, 잠깐만
있어
금방, 금방 갈게

서공석 선생님 2

화가 났어요
문을 세게 닫았어요
새끼손가락이 문틈에 끼었어요
손톱이 깨졌어요
피멍 들어 죽은 손톱
살에서 튀어나오는 새싹
나는 어려요
무척 어려요
무서워서 죽은 잎을
잘라내지 못해요
두 달이 넘도록
한 개의 손가락에
두 개의 손톱을 달고 다녀요
죽음의 뿌리는 의외로 깊어서
조금만 스쳐도 감당할 수 없는 통증이
어린잎에 번져요

운동장 조회가 끝나고
교실로 들어가는 나를 부르시던 선생님
떨어지지 않는 검은 손톱을

깎아주시던 서공석 선생님

구부릴 수 없는 손가락에서 잘려 나간
내 죽은 손톱은 운동장 모래에 섞인다
날카로운 모래들이 내 목을 휘어감는다
안경 속에 감춰진 선생님 눈엔
눈물이 조금 고여 있다

사람은 늙어도

초등학교 동창회에 가
보았다
너 시인이라며?
내가 네 시 읽어봤거든
너 시인이라며?
시인이라며?
시인……
내가 시인이었나?
속으로만 그렇게
중얼거리고 있을 때
친구들은 계속해서 나를
시인이라고 불렀다
그렇게 부르는
한 친구의 눈이
젖어 있는 것도 같아서
그래서 나도 슬쩍
시인 행세를 해
보았다.

집에 돌아와

오래된 습작 노트를 꺼내
보았다
단 하루도 죽음을
생각하지 않은 날이 없던
내 젊음에 먼지가 끼어 있었다
사람은 늙어도
시는 늙지 않는다는데
먼지 때문에 시까지 늙겠구나
나는 오래된 습작 노트의
먼지를 떨어내었다
저 깊은 모래 속에서
바다를 향해 헤엄치는
연어의 지느러미를
살짝 건드려
주었다

그가

내 손을 잡았다
아무도 없는 데서

손잡고 싶어서

그렇게 말했다
내 손을 놓은 후에야

아무도 없는 어둠 속에 앉아 있는데
무거운 발이 계속
내 발을 짓눌렀다

해　설

소년을 위한 송가

임지훈(문학평론가)

1.

　에밀 시오랑은 『독설의 팡세』에서 다음과 같이 말한다.
"말하는 씨앗에서 잉태된 족속인 우리 인간은 언어와 물리
적으로 연결되어 있다".[*] 인간과 언어의 관계를 선험적인
것으로 전제하는 그의 말에서, 우리는 손쉽게 다음과 같은
질문을 상상해 볼 수 있다. 그리하여 언어는, 인간을 해방
시키는가 아니면 족쇄처럼 옭아매는가. 문명文明이라는 한
자어가 말하는 바처럼, 언어는 인간의 삶을 어둠에서 해방
시켜 주었으며, 자유를 꿈꿀 수 있게 만들어주었으며, 신
의 계시를 기록할 수 있게 만들어주었다. 그러나 한편으로

* 에밀 시오랑, 김정숙 옮김, 『독설의 팡세』, 문학동네, 22쪽.

언어는 인간의 모든 가능성을 제약하는 한계 그 자체이기도 하지 않은가. 동양의 '도가도비상도道可道非常道'에서부터 서양의 '말할 수 없는 것은 침묵하라'는 금언에 이르기까지, 우리는 말에 얽매임으로써 전할 수 없고 닿을 수 없는 것 또한 가지게 된 것은 아닌가.

그러니 언어란 축복이면서 저주이다. 복됨으로 말미암아 우리를 계속 나아갈 수 있게 추동하는 힘이면서, 저주로 말미암아 천국의 문 앞에서 우리의 발을 계속해서 낚아채고야 마는 족쇄가 바로 언어이다. 이러한 언어의 이중성은 우리가 대상을 지시할 때에도 동일하게 드러난다. 언어가 없이, 우리는 대상을 지시할 수 없다. 손짓과 발짓으로 할 수 있는 범위란 언어에 비해 너무나 협소할 따름이다. 그러니 우리는 피치 못하게 언어를 통해 대상을 지시하곤 하지만, 그 순간에 지시되는 대상은 우리가 지시하고자 했던 대상이 아니다. 예컨대, 우리가 언어를 통해 한 대상을 지칭하는 순간 대상은 'x이었던 x'가 될 뿐, 'x' 그 자체가 되지는 못하는 것이다. 언어가 없다면 아예 지칭조차도 할 수 없었을 테지만, 언어를 통과하는 순간 사물은 살해되고 만다는 아이러니. 그 아이러니 속에 오채운이라는 시인이 있다.

오채운 시인은 한 시절로부터 이어지는 상처의 연대기 속에서, 자신의 통증과 싸우며 그 속에서 세계를 감싸고 있는 보편적 통증의 흔적을 찾아 나선다. 사랑을 말하고 생활을 말하면서도, 그것은 늘 상처로부터 피어나고 상처로 향한다. 문제는 그것이 시인이라는 숙명으로 인해 언어를 통과하지 않고는 불가능하기 때문에 상처로부터 태어나는 이와 같은 발화는 늘 마무리되지 못하고 삶의 주변을 반복 선회한다는 점이다. 그럼에도 오채운 시인은 말하기를 멈추지 않고, 그것을 계속해 나간다. "내 가슴을 뚫고 나온 말들"이 "허공에서 가늘게 춤을 추다 공중분해"(「흙과 두 남자」, 『모래를 먹고 자라는 나무』, 천년의 시작, 2009)될 것을 알면서도 말이다. 이러한 언어의 (불)가능성 앞에서, 오채운 시인이 택하는 것은 그럼에도 불구하고 발화를 지속하는 것이다. 자신의 은사를 향한 발화로 보이는 '서공석 선생님' 연작이나, 자신의 삶의 실제적 고통들을 담담하게 채록하고 있는 「꽃이 아니라면」과 같은 시에서 보이는 것처럼, 비록 그것이 자신의 상처를 완전하게 표현하지 못하더라도 시인은 상처를 계속해서 언어화시키며 자신의 상처의 테두리를 그려간다. 그 중심에는 완전히 언어화될 수 없는 상처의 시간이 놓여 있고, 그로부터 파생되는 언어의 파장들은 수면 위를 퍼져 나가는 동심원처럼 우리의 발치를 향해 다가온다. 그러니 우리가 해야 할 일은 자명하다. 몸을 숙여, 우리에게 와 닿는 오채운 시인의 파장에 손을 담가보며, 저 파장의 중심을 마음속에 그려보는 것이다.

2.

그러나 우리가 오채운 시인의 파장에 손을 담근다고 해

서, 그의 언어를 우리가 직감적으로 이해할 수 있는 것은 아니다. 여기에는 몇 가지의 절차가 필요한데, 그것은 시인이 발화하는 통증 속으로 깊이 들어가는 작업으로부터 시작된다. 가령 「이명」이라는 시를 보자

> 말을 하지 마세요
>
> 아무것도 듣지 마세요
>
> 음악도 듣지 마세요
>
> 잠을 많이 자세요
>
> 잠만 많이 자세요
>
> 풀벌레 울음소리가
>
> 들릴 거예요
>
> …(중략)…
>
> 아무것도 듣지 않을래요
>
> 아무도 만나지 않겠어요
>
> 내 귀가 아픈 건
>
> 내 귓속에 너무 많은 사람이 살기 때문이에요
>
> …(중략)…
>
> 하지만 귀를 막을래요
>
> 하지만 귀를 자를래요
>
> 자른 귀를 입에 대고 노래를 부를래요
>
> ──「이명」 부분

라고 말하며 시는 시작된다. 말도 하지 말고, 듣지도 말

라는 말에서 느껴지는 것은 화자의 폐쇄적인 상태이기도 하지만, 그것은 곧 언어에 대한 민감성이기도 하다. 언어는 그 특성으로 대상을 분할하고 재조립하는 기능을 수행하기도 하지만, 그 속성은 그 자체로 하나의 폭력이기도 하다는 점을 떠올려보자면, 화자가 "풀벌레 울음소리"를 희구하며 잠을 요청하는 것은 당연한 귀결일 것이다. 그런데 특이한 것은, 그로부터 화자가 도시적 삶과 고통으로부터 동떨어진 자연으로 나아가는 것이 아니라 도시 속에서 잠드는 법에 대한 이야기로 발화를 이어나간다는 점이다. "수면제를 먹으세요/ 그래도 잠이 오지 않아요/ 좀 더 독한 걸로/ 처방전 없이는 살 수 없을 정도로"라고 말하며 화자는 도시에 남아있다. "없는 소리가 그렇게 크게 들"리는 가운데에서도 화자는 그렇게 하고, "아무것도 듣지 않을래요"라고 말하면서도 그는 도시에 남아있고, "하지만 귀를 막을래요/ 하지만 귀를 자를래요"라고 그 통증을 호소하면서도, 화자는 이곳에 남아있다. 그건, 바깥은 없다는 심증에서 나오는 것일까, 아니면 이곳에 화자가 남아있어야 할 어떤 이유가 있기 때문인 것일까.

조금 서투르게 말해 보자면, 화자가 이곳으로부터 어떠한 바깥도 상상하지 못하기 때문에 어쩔 수 없이 이곳에서 통증과 사투하고 있는 것은 아닌 듯싶다. 가령 「해변의 나무」와 같은 시에서 화자는 다음과 같이 말하고 있기 때문이다.

하루 종일 방에 누워
독한 담배를 피운다
내가 꿈꾸던 바다는
굳게 닫힌 창밖에 있다

…(중략)…

바람이 분다
이미 떠나온 곳에서만 분다
비어 있는 오래된 집에서
홀로 머물다 간다

바람이 분다
죽어야겠다

—「해변의 나무」 부분

여기에서 화자는 "내가 꿈꾸던 바다는/ 굳게 닫힌 창밖에
있다"며 자신이 속한 세계의 폐쇄성과, 자신이 원하는 세계
에 대한 갈망을 드러낸다. 그리고 그 바다는 곧 내가 떠나
온 시원적 이미지로 돋을새김된다. 그곳에서는 자꾸만 화
자를 부추기는 바람이 불어오기에, 화자의 마음은 늘 폐쇄
적인 이곳에서 괴로움을 맞닥뜨린다. 그 폐쇄성을 넘어설
수 있는 방법이 오직 '죽음'뿐이기에, 화자는 "바람이 분다/
죽어야겠다"며 자신이 희구하는 세계로의 갈급을 드러낸

다. 이처럼 화자에게는 욕망하는 지점이 있고, 그 지점으로 이르는 방법에 대해서도, 그 지점이 자신의 마음을 어지러뜨리는 기운도 얼마든 감지할 수 있다. 그리고 그 세계는 저 "굳게 닫힌 창"으로 상징되는 한계 바깥에 있기에, 이곳 바깥은 존재하지 않는다는 표현은 오채운 시인에게 통용되지 않는다. 사정이 이러하다 보니 「이명」에서와 같은 태도는 더욱 선명하게 이지러진다. "자른 귀를 입에 대고 노래를 부를래요"라는 말에서처럼, 화자는 끝내 이곳에 남아 상처로 무너진 말들을 모아 시로 만들어내고 있기 때문이다. 그러니 우리의 질문은 두 번째 방향으로 나아갈 수밖에 없다. 무엇이 오채운 시인과 그녀의 화자를 이곳에 잡아두는 것일까. 무엇이 그녀의 화자로 하여금 계속해서 말하게 만드는 것일까.

3.

말은 사물을 살해하고, 오직 대상의 부재를 그려낼 뿐이다. 하지만 그런 말이 있기에 가능한 것이 하나 있다. 그것은, 실제로 부재하는 대상을 이곳에 현전시키는 것이다. 그러나 그 작업은 완전하지 않고, 늘 대상을 빗겨 나가기에, 우리가 부재하는 타자를 언어를 통해 그려내는 작업은 완결되지 않으며, 발화의 순간인 그 찰나에만 한시적으로 가능할 뿐이다.

모래 속에 파묻혀 매일 밤

죽은 자의 사진을 끓여 마신다

산이 무너진다 강이 무너진다

바다가 무너진다 매일 밤

결국 나는 그 일에서

빠져나오지 못한다

너는 그 일을 기억하지 못한다

이대입구 전철역 비엔나다방 앞에서

풀어진 내 신발 끈을 묶어주던 그 일을

—「그때 우리에게 무슨 일이」 부분

　여기에서 화자는 매일 밤 세상을 떠난 타자를 되새긴다. 그것은 오직 산 자만이 할 수 있는, 죽은 자가 이곳에 있었음을 증명할 수 있는 산 자의 방식이다. 그러나 그 작업은 늘 화자에게 상실의 고통을 상기시키기에 화자의 세계는 매 순간 무너짐을 반복한다. 그럼에도 불구하고 화자는 "결국 나는 그 일에서/ 빠져나오지 못"하고, 매일 밤 반복한다. 이 부재의 자리를 맴도는 산 자의 행위는 그 자신에게 깊은 상처를 매일 밤 되새김질하는 것과 같은 일이지만, 그럼에도 화자는 그러한 행위를 멈추지 않는다. 계속되는 발화를 통해 그의 모습을 그려내려 노력할 뿐이다. 그러나 이 작업은 산 자와 죽은 자의 서로 다른 층위로 인해 일종의 단락이 늘 전제되어 있기에, 기억의 작업은 불공평하고 불평등

할 수밖에 없다. 기억은 산 자의 몫이고, 그렇기에 잊힌다는 것은 산 자의 책임으로 각인된다. 때문에 말을 계속한다는 것, 죽은 자를 추억한다는 것, 그로부터 시를 쓴다는 것은 통증 속으로 스스로를 스스럼없이 물속에 뛰어들게 하는 행위와 같다. 죽은 자의 기억이 그의 몸을 포근하게 감싸 안을지라도, 동시에 그의 호흡은 순간적으로 정지하고 만다. 이 순간적인 임사 상태의 시간이 바로 죽은 자가 산 자의 입을 통해 잠시나마 현실에 현현하는 순간이다. 때문에 죽은 자를 그려내는 시란, 본질적으로 통증의 기억일 수밖에 없다. 그럼에도 그것이 가능한 것은 오직 산 자를 통해서이기에, 산 자는 늘 '그럼에도 불구하고'라는 수식에 기꺼이 헌신하는 것이다. 이러한 행위를 시인은 화자의 입을 빌려 다음과 같이 묘사한다. 죽은 자를 그리는 산 자의 일시적인 임사 상태란, "심장을 꺼내/ 집을 짓고 방을 만들고"(「이동 건축」) 하는 것이라고. 비록 그것이 허공에서 공중분해될 운명일지라도, 적어도 그 찰나의 순간 동안 '당신'은 이곳에 있을 수 있으니, 기꺼이 화자는 몸을 바친다.

이것은 앞서 「이명」의 마지막 구절, "자른 귀를 입에 대고 노래를 부"르는 풍경을 암시한다. 화자의 모든 초점은 바로 이 작업을 향해 맞춰져 있기에, 도시의 소음들이 화자를 괴롭힌다면 그는 자신의 귀를 잘라서라도 부재하는 타자를 향해 자신의 모든 신경을 집중하겠다던 그 장면 말이다. 이 불가해할 정도의 타자를 향한 화자의 집중이 바로 그가 그려낸 상처의 이유라는 것을 체감할 수 있게 될 때, 우리는 오채운의 시로 한 걸음 더 들어가게 된다.

이렇게 부재하는 타자는 한편으로 사랑의 대상이다. 그것은 「겨울밤 열한 시」나 「죽은 내 애인이」 「결핍」과 같은 시에서 드러나듯이, 그것은 끝내 결별할 수밖에 없었던 사랑이고 화자가 그것을 '나'의 운명론적 슬픔으로 재전유한다는 점에서, 화자가 끝내 자신의 것으로 자유롭게 받아들이고 마는 타자의 죽음이기도 하다. 그리고 이 가운데에는 타자의 고통이 놓여 있는 바, 이러한 시편들에서 화자는 늘 "너에게는 지옥마저도/ 고통 없는 아름다운 곳이었는지"(「죽은 내 애인이」)라며 부재하는 타자가 경험했을 고통을 매만진다. 다른 한편으로 이 부재하는 타자는 시인의 말과 「50」과 같은 시에서 얼핏 비추어지듯, 자신의 가족에 대한 것이기도 하다. 그것은 화자가 잠시 한눈을 판 사이에 사라져버린 사랑이자, 나와 같은 육신을 나눈 나의 유일한 타자이기에, 그것을 대신할 수 있는 것은 어디에도 없다.

아마도 이 시집에서 화자가 섣불리 무언가를 희구하거나 욕망하지 않는 까닭이 여기에 맞닿아 있을 것이다. 우리는 너무나 섣부르게 무언가를 잃어버리고, 무언가를 욕망한다. 도시의 삶과 문명의 삶은 그것을 부추긴다. 어쩌면 이것도 언어의 폐해일지도 모를 일이다. 우리가 '나무'라고 말할 때, 그것이 특정한 나무를 지칭하면서도 얼마든지 우리를 다른 '나무'에게로 이끌어 갈 수 있듯이, 우리의 욕망은 너무나도 쉽게 그 방향을 바꾸고 그때마다 우리는 마치 처음부터 그랬다는 것처럼 모든 것을 다시 짜맞춘다. 그

렇게 우리의 영혼은 찰나마다 부서지고 찰나마다 재조립된
다. 그러나 이 시집에서 계속해서 반복되는 것처럼, 화자의
영혼이 선택하는 것은 부서진 영혼의 상태, 바로 그 순간의
상태를 지속하는 것이다. 오직 그 상태만이 상실한 대상과
계속해서 교감할 수 있는 유일한 바이기에 그것이 초래하
는 고통에도 불구하고 화자는 기꺼이 자신을 고통에 헌신한
다. 그렇기에 오채운 시인은 매 순간 언어와 실랑이를 반복
하며, 임사 상태에 빠져들기를 희망하는지도 모른다. 자신
의 몸을 내어주고, 그 후유증으로 말미암아 통증을 길고 깊
게 앓을지라도 말이다.

4.

　그러니 오채운 시인에게는 사랑마저도 통증이고, 통증
이야말로 오직 사랑을 이 세상에 잠시 자리할 수 있게 만드
는 유일한 길이다. 그러나 언어는 늘 대상을 비켜 가고, 가
장 가까이 다가설 수 있는 것은 오직 순간이기에 오채운 시
인은 끝없이 통증을 언어화시킨다. 오채운이라는 시인이
그러한 언어의 속성을 잘 알고 있다는 것을 드러내는 구절
은 무엇보다도 시집의 제목이자 표제작의 제목이기도 한 구
절, "소년이었던 소년"이라는 구절일 것이다. 비록 우리가
그 대상을 향해 '소년'이라고 말할지언정, 그 언어는 대상
에 가까이 다가갈 수 있을 뿐 대상 자체를 겨냥하지는 못한

다. 매번 그렇게 빗나갈 지라도, 화자는 계속해서 그를 말하고, 그를 소환한다. 그리고 시인은 이러한 행위가 찰나의 순간에만 기능하는 것이며, 대상을 그 자체로서 부르는 것이 아님을 안다. "소년이었던 소년"이라는 구절이 암시하듯, 지금 우리가 되내이는 그 말은 말하는 순간 이미 대상을 지나가 버리고 만다. 그러니 시는 찰나이고, 찰나의 전과 후는 그 찰나를 위한 헌신이다. 오직 이러함에도 불구하고 그것은 누군가에게는 고통의 이유가 된다. 그러니 우리가 할 일 또한 자명해진다. 하나의 일관된 논리로 시인의 기원을 찾아 정립하고, 그로부터 그의 시를 알알이 꿰어 그를 명명하는 것이 아니라, 그가 지어 부르는 고통의 파장에 기꺼이 손을 담그는 일이 우리가 할 수 있는 '오직 가능한 유일한 것'이다. 다만 너무 첨벙거리지 않고, 가벼이 손을 담가볼 것, 그리하여 우리의 손에 가 닿는 통증의 기억과 언어를 타고 퍼지는 수면 위의 파장을 눈을 감고 느껴볼 것, 그리하여 우리가 상실한 것에 대해 떠올려볼 것이 우리가 할 수 있는 유일한 일일 것이다. 그러니 지금 우리가 할 일은 우선 눈을 감는 일이다. 그리고 생각해 보는 것이다. "소년이었던 소년"을, "소년이었던 소년"일 수밖에 없게 된 그 소년을 말이다.